JN060440

高瀬舟

森鷗外＋げみ

初出：「中央公論」1916年1月

森鷗外

文久2年（1862年）島根県生まれ。小説家。東京大学医学部卒業後、陸軍軍医となり、留学生としてドイツに4年間滞在した。帰国後『舞姫』などを発表し、小説家としても活動をはじめる。またゲーテ『ファウスト』などの翻訳も行った。大正11年（1922年）没。代表作に『ヰタ・セクスアリス』、『雁』、『山椒大夫』などがある。長女の森茉莉も、小説家・エッセイストとして活動した。

げみ

平成元年（1989年）兵庫県三田市出身。京都造形芸術大学美術工芸学科日本画コース卒業後、イラストレーターとして作家活動を開始。著書に『夜の隙間に積もる雨』、『詩集『抒情小曲集』より』（室生犀星＋げみ）、『月夜とめがね』（小川未明＋げみ）、『蜜柑』（芥川龍之介＋げみ）、『檸檬』（梶井基次郎＋げみ）、『約束の猫』『トロイメライ』『春の旅人』（以上、村山早紀＋げみ）、『げみ作品集』がある。

高瀬舟《たかせぶね》は京都の高瀬川を上下する小舟である。徳川時代に京都の罪人が遠島《えんとう》を申し渡されると、本人の親類が牢屋敷《ろうやしき》へ呼び出されて、そこで暇乞《いとまごい》をすることを許された。それから罪人は高瀬舟に載せられて、大阪へ廻されることであった。それを護送するのは、京都町奉行の配下にいる同心で、この同心は罪人の親類の中で、主《おも》立った一人《いちにん》を大阪まで同船させることを許す慣例であった。これは上《かみ》へ通った事ではないが、いわゆる大目に見るのであった。黙許であった。

当時遠島を申し渡された罪人は、勿論《もちろん》重い科《とが》を犯したものと認められた人ではあるが、決して盗《ぬすみ》をするために、人を殺し火を放ったというような、獰悪《どうあく》な人物が多数を占めていたわけではない。高瀬舟に乗る罪人の過半は、いわゆる心得違《こころえちがい》のために、想《おも》わぬ科を犯した人であった。有《あ》り触《ふ》れた例を挙げて見れば、当時相《あい》対死《たいし》といった情死を謀《はか》って、相手の女を殺して、自分だけ活《い》き残った男というような類《たぐい》である。

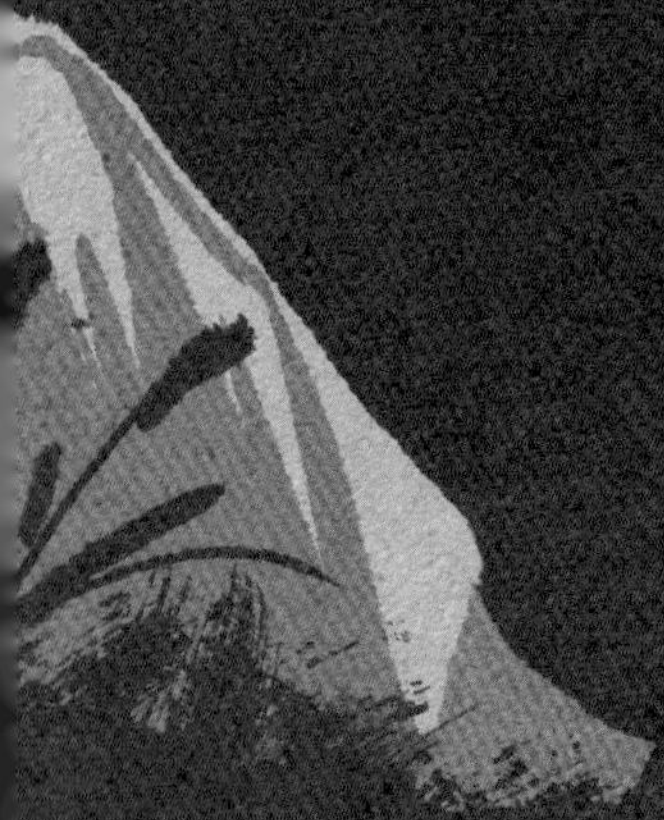

そういう罪人を載せて、入相《いりあい》の鐘の鳴る頃に漕《こ》ぎ出された高瀬舟は、黒ずんだ京都の町の家々を両岸に見つつ、東へ走って、加《か》茂《も》川《がわ》を横ぎって下るのであった。この舟の中で、罪人とその親類の者とは夜どおし身の上を語り合う。いつもいつも悔《く》やんでも還《かえ》らぬ繰言《くりごと》である。護送の役をする同心は、傍《そば》でそれを聞いて、罪人を出した親戚眷族《しんせきけんぞく》の悲惨な境遇を細かに知ることが出来た。所《しょ》詮《せん》町奉行所の白洲《しらす》で、表向《おもてむき》の口供《こうきょう》を聞いたり、役所の机の上で、口書《くちがき》を読んだりする役人の夢にも窺《うかが》うことの出来ぬ境遇である。

同心を勤める人にも、種々《いろいろ》の性質があるから、この時ただうるさいと思って、耳を掩《おお》いたく思う冷淡な同心があるかと思えば、またしみじみと人の哀《あわれ》を身に引き受けて、役柄ゆえ気色《けしき》には見せぬながら、無言の中に私《ひそ》かに胸を痛める同心もあった。場合によって非常に悲惨な境遇に陥った罪人とその親類とを、特に心弱い、涙脆《なみだもろ》い同心が宰領して行くことになると、その同心は不覚の涙を禁じ得ぬのであった。

そこで高瀬舟の護送は、町奉行所の同心仲間で不快な職務として嫌われていた。

いつの頃であったか。多分江戸で白河楽翁侯《しらかわらくおうこう》が政柄《せいへい》を執《と》っていた寛政の頃ででもあっただろう。智恩院《ちおんいん》の桜が入相《いりあい》の鐘に散る春の夕《ゆうべ》に、これまで類のない、珍らしい罪人が高瀬舟に載せられた。

それは名を喜助《きすけ》と言って、三十歳ばかりになる、住所不定《じゅうしょふじょう》の男である。固《もと》より牢屋敷に呼び出されるような親類はないので、舟にもただ一人で乗った。

護送を命ぜられて、一しょに舟に乗り込んだ同心羽田庄兵衛《はねだしょうべえ》は、ただ喜助が弟殺しの罪人だということだけを聞いていた。さて牢屋敷から桟橋まで連れて来る間、この痩肉《やせじし》の、色の蒼白《あおじろ》い喜助の様子を見るに、いかにも神妙《しんびょう》に、いかにもおとなしく、自分をば公儀《こうぎ》の役人として敬って、何事につけても逆《さから》わぬようにしている。しかもそれが、罪人の間に往々見受けるような、温順を装って権勢に媚《こ》びる態度ではない。

庄兵衛は不思議に思った。そして舟に乗ってからも、単に役目の表で見張っているばかりでなく、絶えず喜助の挙動に、細かい注意をしていた。

その日は暮れ方から風が歇《や》んで、空一面を蔽《おお》った薄い雲が、月の輪郭をかすませ、ようよう近寄って来る夏の温《あたたか》さが、両岸の土からも、川床の土からも、靄《もや》になって立ち昇るかと思われる夜であった。下京《しもきょう》の町を離れて、加茂川を横ぎった頃からは、あたりがひっそりとして、ただ舳《へさき》に割《さ》かれる水のささやきを聞くのみである。

夜舟《よふね》で寝ることは、罪人にも許されているのに、喜助は横になろうともせず、雲の濃淡に従って、光の増したり減じたりする月を仰いで、黙っている。その額《ひたい》は晴れやかで、目には微《かす》かなかがやきがある。

庄兵衛はまともには見ていぬが、始終喜助の顔から目を離さずにいる。そして不思議だ、不思議だと、心の内で繰り返している。それは喜助の顔が縦から見ても、横から見ても、いかにも楽しそうで、もし役人に対する気兼《きがね》がなかったなら、口笛を吹きはじめるとか、鼻歌を歌い出すとかしそうに思われたからである。

庄兵衛は心の内に思った。これまでこの高瀬舟の宰領をしたことは幾度《いくたび》だか知れない。しかし載せて行く罪人は、いつも殆《ほとん》ど同じように、目も当てられぬ気の毒な様子をしていた。それにこの男はどうしたのだろう。遊山船《ゆさんぶね》にでも乗ったような顔をしている。罪は弟を殺したのだそうだが、よしやその弟が悪い奴で、それをどんな行掛《ゆきがか》りになって殺したにせよ、人の情《じょう》として好《い》い心持はせぬはずである。この色の蒼《あお》い痩男《やせおとこ》が、その人の情というものが全く欠けているほどの、世にも稀な悪人であろうか。どうもそうは思われない。ひょっと気でも狂っているのではあるまいか。いやいや。それにしては何一つ辻褄《つじつま》の合わぬ言語《ことば》や挙動がない。この男はどうしたのだろう。庄兵衛がためには喜助の態度が考えれば考えるほどわからなくなるのである。

暫くして、庄兵衛はこらえ切れなくなって呼び掛けた。「喜助。お前何を思っているのか。」

「はい」と言ってあたりを見回した喜助は、何事をかお役人に見咎《みとが》められたのではないかと気遣《きづか》うらしく、居ずまいを直して庄兵衛の気色《けしき》を伺った。

庄兵衛は自分が突然問《とい》を発した動機を明《あか》して、役目を離れた応対を求める分疏《いいわけ》をしなくてはならぬように感じた。そこでこういった。「いや。別にわけがあって聞いたのではない。実はな、己《おれ》は先刻《さっき》からお前の島へ往《ゆ》く心持が聞いて見たかったのだ。己はこれまでこの舟で大勢の人を島へ送った。それは随分いろいろな身の上の人だったが、どれもどれも島へ往くのを悲しがって、見送りに来て、一しょに舟に乗る親類のものと、夜どおし泣くに極《き》まっていた。それにお前の様子を見れば、どうも島へ往くのを苦にしてはいないようだ。一体お前はどう思っているのだい。」

喜助はにっこり笑った。「御親切に仰《おっし》ゃって下すって、ありがとうございます。なるほど島へ往くということは、外《ほか》の人には悲しい事でございましょう。その心持はわたくしにも思い遣《や》って見ることが出来ます。しかしそれは世間で楽をしていた人だからでございます。京都は結構な土地ではございますが、その結構な土地で、これまでわたくしのいたして参ったような苦《くるし》みは、どこへ参ってもなかろうと存じます。お上《かみ》のお慈悲で、命を助けて島へ遣って下さいます。島はよしやつらい所でも、鬼の栖《す》む所ではございますまい。わたくしはこれまで、どこといって自分のいて好い所というものがございませんでした。こん度お上で島にいろと仰ゃって下さいます。そのいろと仰ゃる所に、落ち着いていることが出来ますのが、まず何よりも難有い事でございます。それにわたくしはこんなにかよわい体《からだ》ではございますが、ついぞ病気をいたしたことはございませんから、島へ往ってから、どんなつらい為事《しごと》をしたって、体を痛めるようなことはあるまいと存じます。それからこん度島へお遣下《やりくだ》さるに付きまして、二百文《もん》の鳥目《ちょうもく》を戴きました。それをここに持っております。」こういい掛けて、喜助は胸に手を当てた。遠島を仰せ附けられるものには、鳥目二百銅を遣《つかわ》すというのは、当時の掟《おきて》であった。

喜助は語《ことば》を続《つ》いだ。「お恥かしい事を申し上げなくてはなりませぬが、わたくしは今日《こんにち》まで二百文というお足《あし》を、こうして懐《ふところ》に入れて持っていたことはございませぬ。どこかで為事《しごと》に取り附きたいと思って、為事を尋ねて歩きまして、それが見附かり次第、骨を惜しまずに働きました。そして貰《もら》った銭は、いつも右から左へ人手に渡さなくてはなりませなんだ。それも現金で物が買って食べられる時は、わたくしの工面《くめん》の好《い》い時で、大抵《たいてい》は借りたものを返して、また跡《あと》を借りたのでございます。それがお牢に這入《はい》ってからは、為事をせずに食べさせて戴きます。わたくしはそればかりでも、お上に対して済まない事をいたしているようでなりませぬ。それにお牢を出る時に、この二百文を戴きましたのでございます。

こうして相変らずお上の物を食べていて見ますれば、この二百文はわたくしが使わずに持っていることが出来ます。お足を自分の物にして持っているということは、わたくしに取っては、これが始《はじめ》でございます。島へ往って見ますまでは、どんな為事が出来るかわかりませんが、わたくしはこの二百文を島でする為事の本手《もとで》にしようと楽《たの》しんでおります。」こう言って、喜助は口を噤《つぐ》んだ。

庄兵衛は「うん、そうかい」とはいったが、聞く事《こと》ごとに余り意表に出たので、これも暫《しばら》く何も言うことが出来ずに、考え込んで黙っていた。

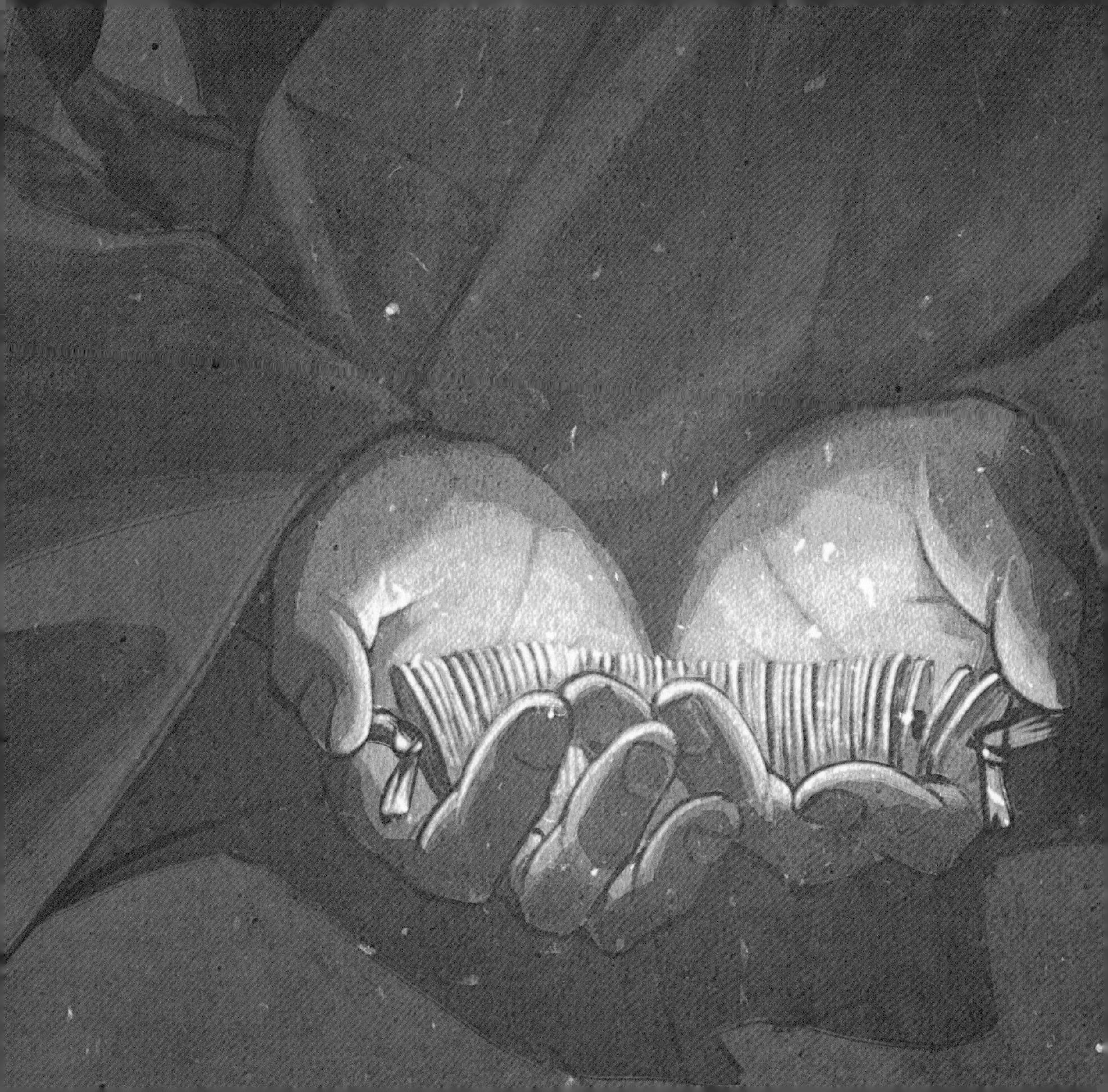

庄兵衛はかれこれ初老に手の届く年になっていて、もう女房に子供を四人生ませている。それに老母が生きているので、家は七人暮しである。平生人には吝嗇《りんしょく》といわれるほどの、倹約な生活をしていて、衣類は自分が役目のために著るものの外、寝巻しか拵《こしら》えぬ位にしている。しかし不幸な事には、妻を好い身代《しんだい》の商人の家から迎えた。そこで女房は夫の貰う扶持米《ふちまい》で暮しを立てて行こうとする善意はあるが、裕《ゆたか》な家に可哀《かわい》がられて育った癖があるので、夫が満足するほど手元を引き締めて暮して行くことが出来ない。動《やや》もすれば月末になって勘定が足りなくなる。すると女房が内証で里《さと》から金を持って来て帳尻《ちょうじり》を合わせる。それは夫が借財というものを毛虫のように嫌うからである。そういう事は所詮《しょせん》夫に知れずにはいない。庄兵衛は五節句だといっては、里方《さとかた》から物を貰い、子供の七五三の祝だといっては、里方から子供に衣類を貰うのでさえ、心苦しく思っているのだから、暮しの穴を塡《う》めてもらったのに気が附いては、好い顔はしない。格別平和を破るような事のない羽田の家に、折々波風の起こるのは、これが原因である。

庄兵衛は今喜助の話を聞いて、喜助の身の上をわが身の上に引き比べて見た。喜助は為事をして給料を取っても、右から左へ人手に渡して亡《な》くしてしまうと言った。

いかにも哀《あわれ》な、気の毒な境界《きょうがい》である。しかし一転して我身の上を顧みれば、彼と我との間に、果してどれほどの差があるか。自分も上《かみ》から貰う扶持米を、右から左へ人手に渡して暮しているに過ぎぬではないか。彼と我との相違は、いわば十露盤《そろばん》の桁《けた》が違っているだけで、喜助のありがたがる二百文に相当する貯蓄だに、こっちはないのである。

さて桁を違えて考えて見れば、鳥目《ちょうもく》二百文をでも、喜助がそれを貯蓄と見て喜んでいるのに無理はない。その心持はこっちから察して遣《や》ることが出来る。しかしいかに桁を違えて考えて見ても、不思議なのは喜助の慾のないこと、足ることを知っていることである。

喜助は世間で為事を見附けるのに苦《くるし》んだ。それを見附けさえすれば、骨を惜まずに働いて、ようよう口を糊《のり》することの出来るだけで満足した。そこで牢に入ってからは、今まで得《え》難《がた》かった食が、殆ど天から授けられるように、働かずに得られるのに驚いて、生れてから知らぬ満足を覚えたのである。

庄兵衛はいかに桁を違えて考えて見ても、ここに彼と我との間に、大いなる懸隔《けんかく》のあることを知った。自分の扶持米で立てて行く暮しは、折々足らぬことがあるにしても、大抵出納《すいとう》が合っている。手一ぱいの生活である。然るにそこに満足を覚えたことは殆どない。常は幸《さいわい》とも不幸とも感ぜずに過している。しかし心の奥には、こうして暮していて、ふいとお役が御免になったらどうしよう、大病にでもなったらどうしようという疑懼《ぎく》が潜《ひそ》んでいて、折々妻が里方から金を取り出して来て穴塡《あなうめ》をしたことなどがわかると、この疑懼が意識の閾《しきい》の上に頭を擡《もた》げて来るのである。

一体この懸隔はどうして生じて来るだろう。ただ上辺《うわべ》だけを見て、それは喜助には身に係累がないのに、こっちにはあるからだといってしまえばそれまでである。しかしそれは譃《うそ》である。よしや自分が一人者《ひとりもの》であったとしても、どうも喜助のような心持にはなられそうにない。この根柢《こんてい》はもっと深い処にあるようだと、庄兵衛は思った。

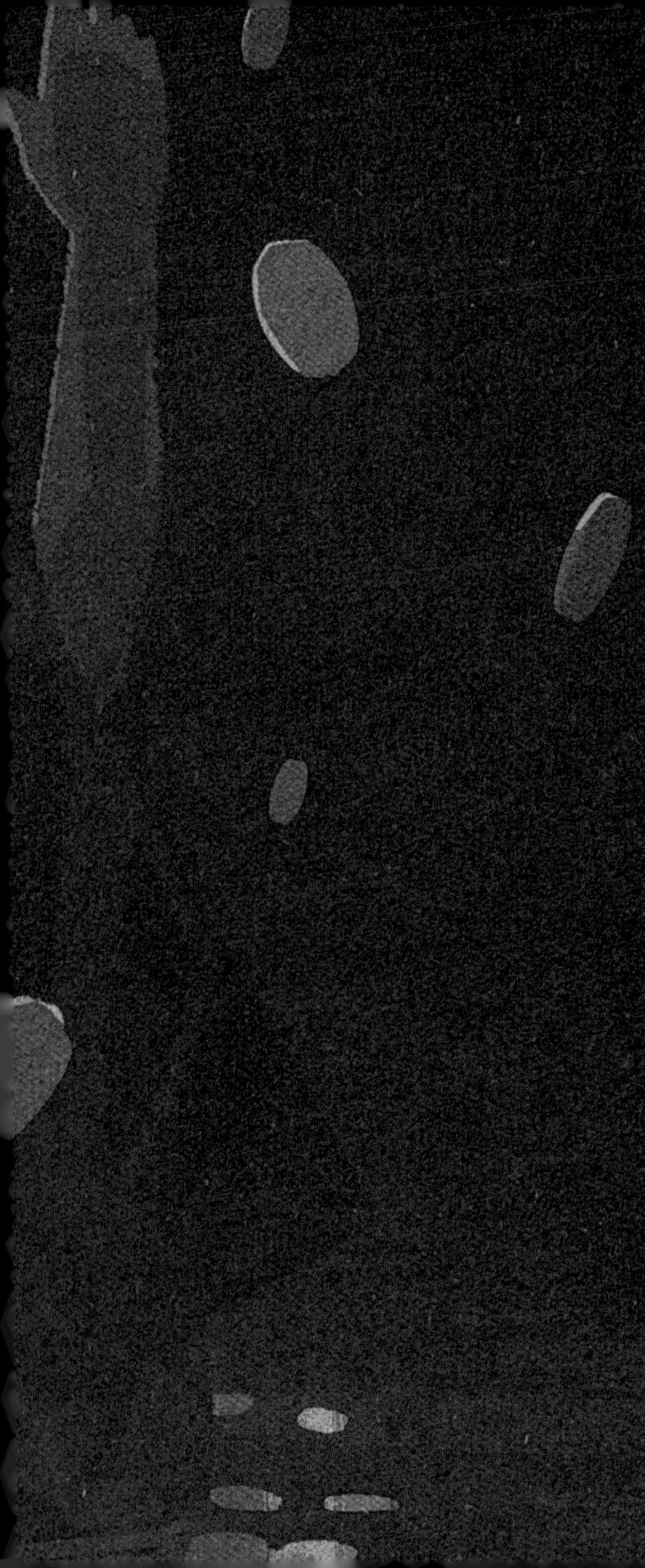

庄兵衛はただ漠然と、人の一生というような事を思って見た。人は身に病《やまい》があると、この病がなかったらと思う。その日その日の食がないと、食って行かれたらと思う。万一の時に備える蓄《たくわえ》がないと、少しでも蓄があったらと思う。蓄があっても、またその蓄がもっと多かったらと思う。かくの如《ごと》くに先から先へと考て見れば、人はどこまで往って踏み止まることが出来るものやら分からない。それを今目の前で踏み止まって見せてくれるのがこの喜助だと、庄兵衛は気が附いた。

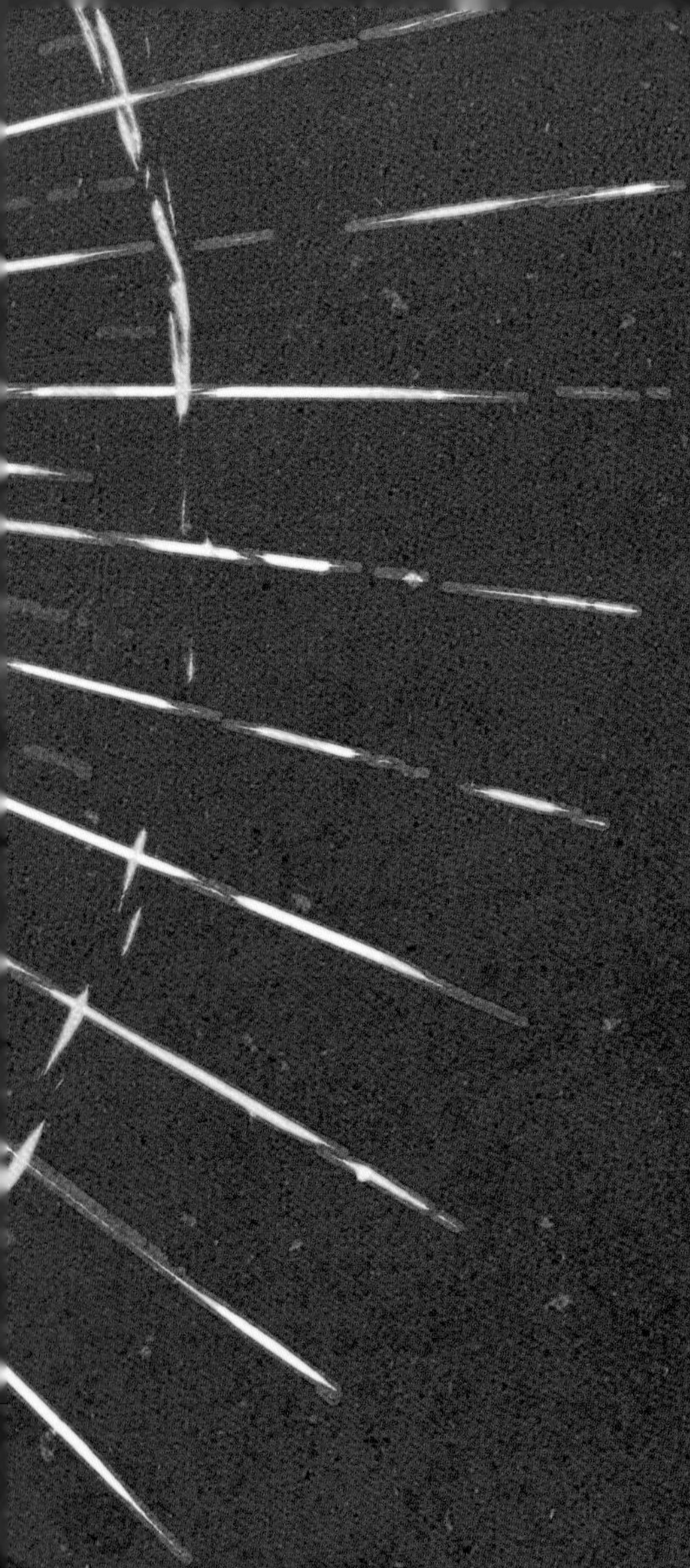

庄兵衛は今さらのように驚異の目を睜《みは》って喜助を見た。この時
庄兵衛は空を仰いでいる喜助の頭から毫光《ごうこう》がさすように思った。

庄兵衛は喜助の顔をまもりつつまた、「喜助さん」と呼び掛けた。今度は「さん」と言ったが、これは十分の意識を以て称呼《しょうこ》を改めたわけではない。その声が我口から出て我耳に入《い》るや否や、庄兵衛はこの称呼の不穏当なのに気が附いたが、今さら既に出た詞《ことば》を取り返すことも出来なかった。

「はい」と答えた喜助も、「さん」と呼ばれたのを不審に思うらしく、おそるおそる庄兵衛の気色《けしき》を覗《うかが》った。

庄兵衛は少し間《ま》の悪いのをこらえていった。「色々の事を聞くようだが、お前が今度島へ遣られるのは、人をあやめたからだという事だ。己《おれ》に序《ついで》にそのわけを話して聞せてくれぬか。」

喜助はひどく恐れ入った様子で、「かしこまりました」といって、小声で話し出した。「どうも飛んだ心《こころ》得《え》違《ちがい》で、恐ろしい事をいたしまして、なんとも申し上げようがございませぬ。跡《あと》で思って見ますと、どうしてあんな事が出来たかと、自分ながら不思議でなりませぬ。全く夢中でいたしましたのでございます。わたくしは小さい時に二親《ふたおや》が時疫《じえき》で亡くなりまして、弟と二人跡《あと》に残りました。

初は丁度《ちょうど》軒下に生れた狗《いぬ》の子にふびんを掛けるように町内の人たちがお恵《めぐみ》下さいますので、近所中の走使《はしりつかい》などをいたして、飢《う》え凍《こご》えもせずに、育ちました。次第に大きくなりまして職を捜しますにも、なるたけ二人が離れないようにいたして、一しょにいて、助け合って働きました。去年の秋の事でございます。わたくしは弟と一しょに、西陣《にしじん》の織場《おりば》に這入《はい》りまして、空引《そらびき》ということをいたすことになりました。そのうち弟が病気で働けなくなったのでございます。その頃わたくしどもは北山《きたやま》の掘立小屋《ほったてごや》同様の所に寝起をいたして、紙屋川《かみやがわ》の橋を渡って織場へ通っておりましたが、わたくしが暮れてから、食物などを買って帰ると、弟は待ち受けていて、わたくしを一人《ひとり》で稼がせては済まない済まないと申しておりました。

或る日いつものように何心《なにごころ》なく帰って見ますと、弟は布団の上に突《つ》っ伏《ぷ》していまして、周囲《まわり》は血だらけなのでございます。

わたくしはびっくりいたして、手に持っていた竹の皮包や何かを、そこへおっぽり出して、傍《そば》へ往って「どうしたどうした」と申しました。すると弟は真蒼《まっさお》な顔の、両方の頬《ほお》から腮《あご》へ掛けて血に染ったのを挙げて、わたくしを見ましたが、物を言うことが出来ませぬ。息をいたす度に、創口《きずぐち》でひゅうひゅうという音がいたすだけでございます。わたくしにはどうも様子がわかりませんので、「どうしたのだい、血を吐いたのかい」といって、傍《そば》へ寄ろうといたすと、弟は右の手を床《とこ》に衝《つ》いて、少し体《からだ》を起しました。左の手はしっかり腮《あご》の下の所を押えていますが、その指の間から黒血《くろち》の固まりがはみ出しています。弟は目でわたくしの傍へ寄るのを留《と》めるようにして口を利《き》きました。ようよう物が言えるようになったのでございます。「済まない。どうぞ堪忍してくれ。どうせなおりそうにもない病気だから、早く死んで少しでも兄きに楽がさせたいと思ったのだ。笛を切ったら、すぐ死ねるだろうと思ったが息がそこから漏《も》れるだけで死ねない。深く深くと思って、力一ぱい押し込むと、横へすべってしまった。刃は翻《こぼ》れはしなかったようだ。これを旨《うま》く抜いてくれたら己《おれ》は死ねるだろうと思っている。物を言うのがせつなくっていけない。どうぞ手を借して抜いてくれ」というのでございます。弟が左の手を弛《ゆる》めるとそこからまた息が漏ります。わたくしはなんといおうにも、声が出ませんので、黙って弟の喉《のど》の創《きず》を覗《のぞ》いて見ますと、なんでも右の手に剃刀《かみそり》を持って、横に笛を切ったが、それでは死に切れなかったので、そのまま剃刀を、剔《えぐ》るように深く突っ込んだものと見えます。柄《え》がやっと二寸ばかり創口から出ています。わたくしはそれだけの事を見て、どうしようという思案も附かずに、弟の顔を見ました。弟はじっとわたくしを見詰めています。わたくしはやっとの事で、「待っていてくれ、お医者を呼んで来るから」と申しました。弟は怨《うら》めしそうな目附をいたしましたが、また左の手で喉をしっかり押えて、「医者がなんになる、ああ苦しい、早く抜いてくれ、頼む」と言うのでございます。わたくしは途方に暮れたような心持になって、ただ弟の顔ばかり見ております。

こんな時は、不思議なもので、目が物を言います。弟の目は「早くしろ、早くしろ」といって、さも怨めしそうにわたくしを見ています。わたくしの頭の中では、なんだかこう車の輪のような物がぐるぐる廻っているようでございましたが、弟の目は恐ろしい催促を罷《や》めません。それにその目の怨めしそうなのが段々険《けわ》しくなって来て、とうとう敵《かたき》の顔をでも睨《にら》むような、憎々しい目になってしまいます。それを見ていて、わたくしはとうとう、これは弟の言った通にして遣らなくてはならないと思いました。

わたくしは「しかたがない、抜いて遣るぞ」と申しました。すると弟の目の色がからりと変って、晴やかに、さも嬉しそうになりました。わたくしはなんでも一《ひ》と思《おもい》にしなくてはと思って膝を撞《つ》くようにして体を前へ乗り出しました。弟は衝いていた右の手を放して、今まで喉を押えていた手の肘《ひじ》を床に衝いて、横になりました。わたくしは剃刀の柄をしっかり握って、ずっと引きました。

この時わたくしの内から締めておいた表口《おもてぐち》の戸をあけて、近所の婆《ば》あさんが這入って来ました。留守の間、弟に薬を飲ませたり何かしてくれるように、わたくしの頼んでおいた婆あさんなのでございます。もう大ぶ内のなかが暗くなっていましたから、わたくしには婆あさんがどれだけの事を見たのだかわかりませんでしたが、婆あさんはあっといったきり、表口をあけ放しにしておいて駆け出してしまいました。わたくしは剃刀を抜く時、手早く抜こう、真《まっ》直《すぐ》に抜こうというだけの用心はいたしましたが、どうも抜いた時の手応《てごたえ》は、今まで切れていなかった所を切ったように思われました。刃が外の方へ向いていましたから、外の方が切れたのでございましょう。

わたくしは剃刀を握ったまま、婆あさんの這入って来てまた駆け出して行ったのを、ぼんやりして見ておりました。婆あさんが行ってしまってから、気が附いて弟を見ますと、弟はもう息が切れておりました。創口からは大そうな血が出ておりました。それから年寄衆《としよりしゅう》がお出になって、役場へ連れて行かれますまで、わたくしは剃刀を傍《そば》に置いて、目を半分あいたまま死んでいる弟の顔を見詰めていたのでございます。」

少し俯向《うつむ》き加減になって庄兵衛の顔を下から見上げて話していた喜助は、こういってしまって視線を膝の上に落した。

喜助の話は好く条理が立っている。殆ど条理が立ち過ぎているといっても好い位である。これは半年ほどの間、当時の事を幾度も思い浮べて見たのと、役場で問われ、町奉行所《まちぶぎょうしょ》で調べられるその度《たび》ごとに、注意に注意を加えて淡《さら》って見させられたのとのためである。

庄兵衛はその場の様子を目のあたり見るような思いをして聞いていたが、これが果して弟殺しというものだろうか、人殺しというものだろうかという疑《うたがい》が、話を半分聞いた時から起って来て、聞いてしまっても、その疑を解くことが出来なかった。弟は剃刀を抜いてくれたら死なれるだろうから、抜いてくれといった。それを抜いて遣って死なせたのだ、殺したのだとはいわれる。しかしそのままにしておいても、どうせ死なくてはならぬ弟であったらしい。それが早く死にたいといったのは、苦しさに耐えなかったからである。喜助はその苦《く》を見ているに忍びなかった。苦から救って遣ろうと思って命を絶った。それが罪であろうか。殺したのは罪に相違ない。しかしそれが苦から救うためであったと思うと、そこに疑が生じて、どうしても解けぬのである。

庄兵衛の心の中には、いろいろに考えて見た末に、自分より上のものの判断に任す外ないという念、オオトリテエに従う外ないという念が生じた。庄兵衛はお奉行様の判断を、そのまま自分の判断にしようと思ったのである。そうは思っても、庄兵衛はまだどこやらに腑《ふ》に落ちぬものが残っているので、なんだかお奉行様に聞いて見たくてならなかった。

次第に更《ふ》けて行く朧夜《おぼろよ》に、沈黙の人二人を載せた高瀬舟は、黒い水の面をすべって行った。

※本書には、現在の観点から見ると差別用語と取られかねない表現が含まれていますが、原文の歴史性を考慮してそのままとしました。

乙女の本棚シリーズ

［左上から］

『女生徒』太宰治 + 今井キラ／『猫町』萩原朔太郎 + しきみ
『葉桜と魔笛』太宰治 + 紗久楽さわ／『檸檬』梶井基次郎 + げみ
『押絵と旅する男』江戸川乱歩 + しきみ／『瓶詰地獄』夢野久作 + ホノジロトヲジ
『蜜柑』芥川龍之介 + げみ／『夢十夜』夏目漱石 + しきみ
『外科室』泉鏡花 + ホノジロトヲジ／『赤とんぼ』新美南吉 + ねこ助
『月夜とめがね』小川未明 + げみ／『夜長姫と耳男』坂口安吾 + 夜汽車
『桜の森の満開の下』坂口安吾 + しきみ／『死後の恋』夢野久作 + ホノジロトヲジ
『山月記』中島敦 + ねこ助／『秘密』谷崎潤一郎 + マツオヒロミ
『魔術師』谷崎潤一郎 + しきみ／『人間椅子』江戸川乱歩 + ホノジロトヲジ
『春は馬車に乗って』横光利一 + いとうあつき／『魚服記』太宰治 + ねこ助
『刺青』谷崎潤一郎 + 夜汽車／『詩集『抒情小曲集』より』室生犀星 + げみ
『Kの昇天』梶井基次郎 + しらこ／『詩集『青猫』より』萩原朔太郎 + しきみ
『春の心臓』イェイツ（芥川龍之介訳）+ ホノジロトヲジ
『鼠』堀辰雄 + ねこ助／『詩集『山羊の歌』より』中原中也 + まくらくらま
『人でなしの恋』江戸川乱歩 + 夜汽車／『夜叉ヶ池』泉鏡花 + しきみ
『待つ』太宰治 + 今井キラ／『高瀬舟』森鷗外 + げみ

全て定価：1980円（本体1800円+税10%）

『悪魔　乙女の本棚作品集』
しきみ

定価：2420円（本体2200円+税10%）

高瀬舟

2023年 5月18日　第1版1刷発行
2024年 4月15日　第1版2刷発行

著者　森 鷗外
絵　げみ

編集・発行人　松本 大輔
デザイン　根本 綾子(Karon)
協力　神田 岬
担当編集　切刀 匠

発行：立東舎
発売：株式会社リットーミュージック
〒101-0051 東京都千代田区神田神保町一丁目105番地

印刷・製本：株式会社広済堂ネクスト

【本書の内容に関するお問い合わせ先】
info@rittor-music.co.jp
本書の内容に関するご質問は、Eメールのみでお受けしております。
お送りいただくメールの件名に「高瀬舟」と記載してお送りください。
ご質問の内容によりましては、しばらく時間をいただくことがございます。
なお、電話やFAX、郵便でのご質問、本書記載内容の範囲を超えるご質問につきましてはお答えできませんので、
あらかじめご了承ください。

【乱丁・落丁などのお問い合わせ】
service@rittor-music.co.jp

©2023 Gemi　©2023 Rittor Music, Inc.
Printed in Japan　ISBN978-4-8456-3882-6
定価1,980円(1,800円+税10%)
落丁・乱丁本はお取り替えいたします。本書記事の無断転載・複製は固くお断りいたします。